Luiz da silva Mousinho de Albuquerque

Memoria inédita acerca do edifício monumental da Batalha

Antigonos

Luiz da silva Mousinho de Albuquerque

Memoria inédita acerca do edifício monumental da Batalha

Reimpressão sem alterações da edição original de 1881.

1ª edição 2024 | ISBN: 978-3-38691-079-8

Antigonos Verlag é um selo de Outlook Verlagsgesellschaft mbH.

Verlag (Editora): Outlook Verlag GmbH, Zeilweg 44, 60439 Frankfurt, Deutschland
Vertretungsberechtigt (Representante autorizado): E. Roepke, Zeilweg 44, 60439 Frankfurt, Deutschland
Druck (Impressão): Libri Plureos GmbH, Friedensallee 273, 22763 Hamburg, Deutschland

MEMORIA INEDITA

ÁCERCA DO

EDIFICIO MONUMENTAL DA BATALHA

POR

LUIZ DA SILVA MOUSINHO DE ALBUQUERQUE

EDITOR

LUIZ MOUSINHO DE ALBUQUERQUE

LISBOA

TYPOGRAPHIA EDITORA DE MATTOS MOREIRA & C.ª

67, Praça de D. Pedro, 67

1881

INTRODUCÇÃO

Depois do que escreveram sobre o Edificio monumental da Batalha Frei Luiz de Sousa, da parte 1.ª, livro 6.º, capitulo 12.º da sua *Historia de S. Domingos*, o architecto inglez James Murphy, na sua interessante obra descriptiva do mesmo Monumento impressa e estampada em Londres no anno de 1792, e o Ex.ᵐᵒ e Rev.ᵐᵒ D. Francisco de S. Luiz na *Memoria Historica* sobre as obras do Real Mosteiro de Santa Maria da Victoria, chamado vulgarmente da Batalha, impressa no tomo 10.º, parte 1.ª das *Memorias da Academia* no anno de 1827, e de outros escriptos de menos importancia, poderá parecer imprudente captivar ainda a attenção publica sobre similhante objecto.

Frei Luiz de Sousa descreve a seu modo a fabrica do Monumento: reuniu alguns documentos e tradições sobre a historia da edificação e deu conta succinta do que se encerrava em seu tempo de mais notavel e precioso na igreja e Mosteiro; porém não sendo este escriptor desenhador nem architecto, achava-se sem os meios necessarios para dar uma ideia clara do edificio que descrevia.

O architecto Murphy, possuindo, pelo contrario, todos os conhecimentos artisticos desejaveis, apresentou na sua obra, e sobre tudo nas magnificas estampas que acompanham o texto, uma descripção tão clara quanto completa d'este sumptuoso Monumento, e varias observações de grande interesse sobre o genero de architectura a que elle pertence, e será difficil exceder em exactidão e nitidez a bella edição do trabalho d'este viajante.

Sua Emminencia o Sr. Cardeal Patriarcha de Lisboa, na occasião da sua prolongada residencia no Mosteiro da Batalha, investigou com a perspicacia e attenção que todos lhe conhecemos, tanto as diversas partes do edificio, como os documentos do cartorio dos religiosos, e applicando ás suas observações a critica judiciosa, que lhe é familiar, discutiu e illucidou os varios pontos da historia da edificação e variações successivas no Monumento; consignando na sua Memoria supracitada um juizo critico e uma exposição clara, cheia do maior interesse.

O Monumento da Batalha é comtudo tão importante, ou se considere architectonicamente ou se encare pelo lado historico, que offerece um assumpto, difficilmente esgotavel, e é facil escrever ainda muito ácerca d'elle sem incorrer em repetições ou plagiato. O estudo miudo e desenvolvido das obras da Batalha dá necessariamente logar a considerações artisticas, que ainda não foram feitas, e que não parecem destituidas de interesse para os que amam e cultivam as bellas-artes, e sobre tudo o exame do que cumpre fazer para conservar e porventura restaurar este elegante e respeitavel Monumento, é por certo materia digna de ser desenvolvida e devidamente considerada.

Quanto ás considerações historicas, que teem referencia ao edificio e ao paiz para o qual é um verdadeiro tropheo de gloria, pódem tambem ser apresentadas debaixo de differentes aspectos, e apraz devéras ao coração recordar as grandezas moraes de todo o genero, que se encadeiam umas com as outras ao aspecto d'este Monumento.

Não é meu proposito preencher tão delicado programma; mas unicamente consignar n'um resumido escripto algumas considerações que me foram suggeridas pelo exame attento e circumstanciado do edificio monumental da Batalha, de cuja conservação e restauração me achei encarregado désde o anno de 1840 até aos principios de 1843, e apresentar uma ideia resumida dos trabalhos que executei n'este sentido, e bem assim quaes eram em geral as obras que intentava proseguir, e as regras que me propunha observar no desempenho ulterior do meu encargo. As minhas observações são incompletas, por ventura, e até certo ponto destacadas. Procurarei comtudo dar-lhes a ordem e nexo indispensaveis para que o seu complexo não appareça incompleto.

Os dois escriptores portuguezes que acima citei, e os mais que escreveram a interessante época da nossa historia decorrida desde a ascenção ao throno de El-Rei D. João I até ao fallecimento de El-Rei D. Manuel, consignaram nas suas paginas a origem do Monumento, e esta origem ao mesmo tempo religiosa e patriotica é conhecida de todos os portuguezes. Todos sabem que no templo da Batalha, e nas diversas partes d'este edificio se encerram os restos mortaes dos principes dá dynastia de D. João I, da dynastia que deu a Portugal quatro monarchas successivos, os maiores homens que de pais a filhos teem empunhado sem interrupção o mesmo sceptro; porquanto ainda que as desventuras que acompanharam o curto reinado de D. Duarte não permittissem ao reino grande incremento de felicidade, as memorias que nos restam d'este principe, e os seus proprios escriptos dão-lhe direito a ser considerado como homem muito superior; e o genio guerreiro e audaz de Affonso V, posto que destituido talvez do melhor aviso e prudencia, não deixou de concorrer para excitar e elevar os espiritos nacionaes, não soffrendo que este monarcha se classifique entre os principes vulgares.

Na capella porém do fundador glorioso do Monumento, ninguem ha que possa eximir-se ao respeito que inspiram as cinzas dos filhos jazendo ao lado do seu tumulo. Encontra-se alli no infante D. Pedro o talento mais subido e o homem de Estado o mais profundo não só da nossa patria, mas talvez da Europa da sua época; e considerando attentamente as acções e pensamentos que nos restam d'este tão illustre quanto infeliz principe, não é possivel deixar de reconhecer-lhe uma d'aquellas intelligencias superiores, a quem é dado preceder a rasão do seculo em que vive, e apresentar aos seus contemporaneos ideias de uma rectidão e clareza não só desconhecidas, mas por vezes inintelligivel para elles. Se o theatro em que se desenvolveram os talentos e concepções politicas do infante D. Pedro tivesse sido mais vasto e mais geralmente estudado e conhecido, occuparia por certo este principe, um dos mais distinctos lugares entre aquelles, que a historia indica como mais eminentemente proprios para governar homens.

A memoria e as cinzas do infante D. Henrique, se pela sua origem e seus serviços especiaes pertencem particularmente a nossa terra, não pertencem menos á historia geral do mundo e aos fastos da civilisação do globo. É innegavel e por ninguem até agora contestado que ao genio transcendente e emprehendedor d'este principe, á sua perseverança, á constancia e fortaleza da sua alma, ao ardor incansavel que communicou aos seus, á direcção intelligente e atrevida que soube dar a meios que parecem inteiramente fóra de proporção com os resultados, se deve a era posterior em que os portuguezes abriram ao mundo novos caminhos, e ligaram por este meio ao universo já conhecido um novo universo.

A capella sepulchral de D. João I e com ella o edificio da Batalha pódem com rasão considerar-se não só como um monumento portuguez, mas como um monumento europeu, ou por dizer melhor um monumento universal. As cinzas veneraveis que alli repousam, se são nossas mais particularmente, em geral pertencem tambem ao genero humano, porque foi d'ellas que partiu o impulso, que se por ventura desvairado em alguma das suas épocas espalhou em regiões romotas o terror e a desolação, terminou por ligar a humanidade inteira por vinculos de mutuas relações e reciprocos interesses, de que as edades anteriores não haviam concebido nem sequer a ideia.

É sem duvida glorioso para uma nação pequena, e que apenas acabava de conquistar inteiramente a superficie limitada do solo, e gerára em si directores taes e por tal modo auxiliados, apresentar-se como a primeira propagadora das luzes da civilisação e do commercio por toda a redondeza do globo. É sem duvida glorioso guardar em si o deposito de tão augustas cinzas, e o monumento que as encerra é um brazão de gloria, que ella não póde deixar de respeitar e adorar com um sentimento quasi desculpavel de idolatria.

Dois grandes monumentos marcaram, por assim dizer, o começo e o termo do grande desenvolvimento dos esforços nacionaes dos portuguezes e da sua indisputavel precedencia na vereda do progresso. Ambos sublimes, ambos magestosos, cada um em seu genero; ambos sellados com o cunho do genio; ambos inspirados por imaginações ardentes, excitados pelo amor da gloria e da patria: o edificio monumental da Batalha e os *Lusiadas* de Camões. Mais fragil que o segundo, carece o primeiro de continuas attenções e cuidados para que o tempo o não tire de entre nós, e não é crivel que deixem de applicar-se estes disvelos.

Os monumentos tão altamente veneraveis e patrioticos não pódem reputar-se estereis para as nações que os possuem. Não são um pregão vanglorioso de memorias passadas, são um excitante moral de virtudes civicas e amor da patria. Assim considerados são elles dignos da mais séria attenção dos legisladores e dos governos; em todos os tempos se esmeravam os povos os mais illustrados em mantel-os e conserval-os, até que enfraquecidos seus brios e relachados os vinculos moraes da sociedade, esses monumentos deixaram de merecer. o seu culto, e cairam em ruinas quando cairam tambem em ruina os povos cujas glorias attestavam.

Os Athenienses deixaram de ser Athenienses quando cessaram de venerar os monumentos de Pericles, e Chateaubriand, podendo apenas descobrir os vestigios de Sparta, nem sequer podia asseverar que eram a par d'estas ruinas os actuaes descendentes dos Lacedemonios.

Estas considerações e muitas outras que poderia juntar-lhes, sobejam, em quanto a mim, para me justificar de escrever as minhas observações sobre o monumento da Batalha. Occupei-me com desvelo da conservação e reparação d'este precioso monumento, em quanto d'elle fui encarregado. Concebi a seu respeito um certo numero de ideias, que me pareceu não haverem sido ainda tocadas; encetei restaurações parciaes que mereceram a approvação de alguns intelligentes; tracei no meu espirito uma successão de trabalhos adequeados aos meios que tive e contava ter á minha disposição: apaixonei-me, para assim dizer, por melhorar e preservar o estado d'este edificio, e não pude resistir ao desejo bem natural de communicar aos meus patricios estes resultados do estudo, que circumstancias especiaes me levaram a fazer do Monumento. Não pude resistir ao desejo de chamar sobre este padrão de gloria e sobre este primor de arte a attenção dos meus conterraneos e sinto só que a insufficiencia dos meus conhecimentos não permitta fazel-o com a perfeição e desenvolvimento que desejara.

CAPITULO I

As construcções, tanto completas como incompletas, cuja reunião constitue a parte nobre e verdadeiramente monumental do edificio da Batalha, devem dividir-se em duas obras ou systemas de obras rigorosamente distinctos entre si.

No primeiro systema, que podemos chamar primeira edificação ou monumento primitivo, são comprehendidos a igreja, a capella sepulchral do fundador, a sacristia e o claustro com a casa do capitulo e refeitorio. O segundo systema compõe-se das denominadas capellas imperfeitas, as quaes, como indica a denominação, nunca foram acabadas. Este systema fica situado por traz da capella-mór da igreja, e das duas capellas adjacentes a ella.

Os dous systemas de obras acabados de mencionar são rigorosamente independentes entre si; não fazem parte do mesmo pensamento artistico; não são membros do mesmo traçado; antes no meu conceito a colligação que se lhes quiz dar, foi uma offensa ás regras da arte e uma aberração das leis do gosto. Não tendo eu encontrado nos auctores que escreveram sobre a Batalha, esta ideia que se apresentou ao meu espirito, immediatamente que considerei com alguma attenção o todo do monumento, entrarei, para justificar a sua exactidão, em algumas considerações, nas quaes tratarei de ser claro e breve.

Subindo á coberta superior da igreja da Batalha, acha-se que ella representa a fórma de uma cruz. O tecto da nave principal fórma o pé; o cruzeiro, os braços; e o da capella-mór, servindo de prolongamento ao da nave, além do cruzeiro, fórma a cabeça ou remate da mesma cruz. O corpo do edificio assim coberto é a parte mais elevada d'elle, acima da qual sómente se exalçam os coruchéos ou pyramides de diversas grandezas, dos quaes uns corôam as escadas em hellice que sobem da base ao cume do edificio, outros rematam os gigantes ou batareós que apoiam lateralmente a fabrica da nave, cruzeiro e capella-mór, sobre os corpos do edificio adjacente, e finalmente um d'elles termina uma torre particular, cuja projecção horisontal fica fóra da projecção horisontal da cruz.

A parte cruciforme formada, como acabamos de ver, da nave principal do cruzeiro da capella-mór, eleva-se, como fica dito, acima de todas as outras partes do edificio; sendo por consequencia banhada por todos os lados pela luz plena até ao plano superior d'aquellas partes. Esta luz é recebida convenientemente no interior do templo, e destinada a esclarecer o espaço superior do mesmo. A nave principal tem nas suas faces lateraes uma successão de janellas sobre a cobertura das naves tambem lateraes, e no seu topo, em frente da capella-mór, uma formosa janella, situada por cima da porta principal. O cruzeiro tem do mesmo modo janellas sobre a cobertura das naves lateraes, sobre os tectos das capellas correspondentes a estas naves, e a sua illuminação é completado por uma soberba janella sobre a porta travessa, e por outra de menor largura que lhe corresponde no extremo opposto. A parte superior da capella-mór é esclarecida lateralmente por janellas sobre o tecto das capellas adjacentes, e no fundo por um systema de cinco janellas quasi contiguas adaptadas á figura polygonal do mesmo fundo, e cujos angulos superiores correspondem aos gomos da abobada, em que fenece o tecto da capella-mór.

Todas estas janellas, simplices quando a sua largura é pequena, subdivididas em tres vãos por pilastras suportando uma bandeira de pedra lavrada e aberta, que occupa o angulo curvelineo *(ogive)* do arco, quando a sua largura é maior, são vedadas e adornadas com vidros corados e ligados com chumbo, que fazem de cada janella de per si, e particularmente do systema de janellas do fundo da capella-mór, um dos mais vistosos e ricos adornos do templo. Este envidraçamento modifica e tempera ao mesmo tempo a luz, conservando sempre no interior uma claridade incompleta variada em tintas e por assim dizer mysteriosa, que tornando os objectos menos distinctos, afasta por assim nos explicarmos ao olho do observador os seus contornos, e engrandece, pelo effeito sobre a imaginação, a vastidão do espaço intermedio e as dimensões apparentes dos objectos.

A elevação cruciforme que acabamos de descrever, é reforçada lateralmente e até á altura das janellas supramencionadas pelas duas naves lateraes, que desde a frente principal do edificio se estendem paralellamente á grande nave, indo fenecer extensa e interiormente no cruzeiro, e bem assim por dois prolongamentos das mesmas naves além do cruzeiro, que formam as duas capellas adjacentes á capella-mór, mais baixas e mais curtas, e communicando com ella por portas lateraes. Aos lados d'estas capellas e abrindo como ellas sobre o cruzeiro, ha outras duas eguaes e similhantes communicando com as primeiras por portas eguaes e fronteiras ás da capella-mór.

Sobre estes corpos do edificio, lateraes e de inferior altura, apoia-se a elevação cruciforme na parte exterior por uma successão de gigantes ou botaréos vasados e abertos em quarto de circulo, symetricamente distribuidos sobre a cobertura das naves lateraes e das capellas que lhe servem de prolongamento, e correspondendo verticalmente aos pilares e feixes de columnas d'onde nascem os arcos, que dividem os gomos das abobadas internas.

Para illuminar esta parte inferior da fabrica existem nos lados das naves lateraes tantas janellas, quantas na parte superior da nave principal, correspondendo aos entrepilares ou arcos pelos quaes as naves communicam entre si, e bem assim duas janellas nos topos das mesmas naves abertas na fachada interior do templo. As quatro capellas que abrem sobre o cruzeiro, não tem janellas lateraes e são sómente allumiadas pelo fundo, cada uma por um systema de tres janellas dispostas como as superiores da capella-mór, e correspondendo como aquellas aos gomos da respectiva abobada. Por ultimo a capella-mór tem no fundo uma ordem inferior de cinco janellas eguaes em numero e largura ás da ordem superior, e correspondendo exactamente com ellas.

Taes são em resumo os diversos membros de que se compõe o templo da Batalha, e tal a ordenação geral do mesmo templo, que constitue, como se vê, um todo symetrico, e não só symetrica e regularmente disposto, porém, o que cumpre notar, symetrica e regularmente allumiado.

Ao templo se acham reunidas, e por assim dizer appensas, algumas construcções d'elle dependentes e pertencentes ao mesmo genero de architectura. Do lado direito da entrada principal contigua á face direita do templo e communicando interiormente com este, vê-se a capelia do fundador occupando o vão de tres janellas da nave. A projecção horisontal d'esta capella é quadrada. Ao lado esquerdo da entrada, encostado tambem ao templo, acha-se o claustro, occupando todo o cumprimento da nave, e tendo igualmente um quadrado por projecção horisontal. O Edificio rectangular do refeitorio e alguns espaços cobertos da abobada, contornam em parte o claustro pelo lado da frente e na face opposta á igreja.

Do mesmo lado esquerdo do templo, e contiguas ao topo do cruzeiro e á parede lateral da ultima capella do mesmo existem tanto a sachristia como a construcção rectangular, em que se apoia a principal pyramide ou coruchéo dos cumes. A sachristia da fórma de um retangulo communica com a capella já mencionada e com a magnifica sala·denominada do Capitulo, onde se acham os tumulos provisorios de El-Rei D. Affonso V, e da Rainha D. Izabel, sua esposa, e os do principe D. Affonso, filho de El-Rei D. João II. Esta sala abre sobre o claustro por um pórtico de um gosto e elegancia em tudo dignos da magnificencia e puresa de estylo tanto da sala como do claustro que entre si communicam.

A capella do fundador, claustro, sachristia, sala do capitulo, etc., bem que pertençam ao systema de obras a que chamamos monumento primitivo, e lhe pertençam tão inteiramente que tem entre si paredes communs e communicações necessarias, foram comtudo dispostos e construidos por tal modo, que a sua existencia, em nada altera nem perturba a formosa symetria e bellesa da fabrica principal, isto é, do templo. Estes Edificios accessorios sémpre mais baixos que a ordem inferior das janellas da igreja, não vedando nem mascarando alguma d'ellas com a unica excepção de tornar um pouco menos altas as da nave da direita correspondentes á capella do fundador, poderiam existir ou deixar de existir sem que variasse de modo algum o aspecto interior e interior ordenança do templo. Na parte externa cobrem estas construcções accessorias até pouca altura sómente as extensões do contorno a que se acham applicadas, sem offuscar o aspecto geral, sem dissimular nem confundir a fórma principal, sem cortar de modo algum a perspectiva ; contribuindo pelo contrario para que o todo, encarado de pontos diversos, varie agradavelmente de aspecto sem perder o caracter essencial por isso que o templo, como devera ser, domina considerabillissima-mente e subjuga, por assim dizer, todas as mais partes secundarias do edificio.

Por esta resumida descripção se vê immediatamente que o templo da Batalha fórma um todo completo com o seu desenho inteiro, e com tal unidade que lhe não falta nem sobeja parte alguma para constituir um edifício acabado. Vê-se igualmente que n'este todo existem todas as partes necessarias para o seu completamento, mas que não é possivel juntar-lhe parte alguma nova sem alterar a unidade do pensamento que presidiu á primeira concepção e ao primitivo traçado. Além de todas as outras considerações basta para conhecer a verdade do que fica dito, reflectir que a luz é introduzida e distribuida por tal maneira no interior do templo que será impossivel erigir em contacto com elle obra alguma elevada sem perturbar todos os effeitos do claro e escuro que o architecto primitivo soube calcular com tanto acerto, e de que tirou tanto partido para o embellezamento do interior do Edificio.

Entre os edificios do genero de architectura a que geralmente chamamos gothico, e ao qual fôra talvez possivel dar nome mais proprio attenta a sua origem e as suas fórmas, distingue-se o primeiro systema de obras da Batalha, e particularmente o templo, pela sobriedade de ornatos minuciosos com que varios edificios do mesmo genero são sobrecarregados. O estylo do templo é severo e tão simples quanto elegante. Todas as partes são perfeitas e cuidadosamente acabadas; mas geralmente lisas e por maneira alguma brincadas com lavores e ornamentos superfluos. Não ha ali nichos nem peanhas que interrompam a lisura do plano das muralhas, não ha feixes de columnas que constituem os pilares, articulações, lavores nem grinaldas interrompendo o seguimento uniforme da sua altura nem demorando ou embaraçando a vista, que percorre e avalia a delicadeza esbelta e ligeira dos fustes desde as molduras das vasas até ao ornamento sobreo e delicado do seus ligeiros capiteis. A partir dos capiteis reunidos, das columnas enfachadas que revestem os pilares, os arcos que dividem os gomos das abobadas e formam as suas arestas salientes, são lisos por toda a parte, e só torna a mostrar-se o trabalho delicado do cinzel do esculptor nos remates ou fechos, que marcam o concurso dos arcos no meio dos espaços rectangulares comprehendidos entre cada quatro pilares. Apenas no arco, que serve de entrada á capella-mór, sobre o cruzeiro se permittiu o architecto em seu curto desenho um adorno particular e leve, que lhe guarnece o intradorso, distinguindo-o dos arcos eguaes da nave, e indicando por esta diffença a entrada do sanctuario.

Todo o interior do templo é revestido do mesmo calcareo branco de grão fino e homogeneo, que reveste o exterior do edificio. Não existe em toda a igreja um só marmore de côr diversa polido ou lavrado, nem se vê que ali existisse no seu estar primitivo ornato algum de madeira ou metal, destinado a enriquecel-a com explendor e brilho de algum trabalho particular mais carregado.

Esta sobriedade de ornatos accessorios de trabalhos de esculptura nas paredes, pilares e abobadas de um edificio tão vasto como a igreja da Batalha, dar-lhe-iam por ventura uma apparencia denudada e pobre, se o architecto não tivesse achado o logar proprio para fazer sobresahir os promenores para embelezar o templo com os mais ricos adornos, sem alterar a simplicidade sublime da edificação. Estes logares judiciosamente escolhidos para ornato são as janellas. Em primeiro lugar as bandeiras de pedra lavrada e aberta, que ornam o angulo curvilineo dos arcos das janellas, apresentam elegantes desenhos e primores de corte; desenhos e cortes que se desenvolvem em maior escala nas janellas maiores como a do topo da nave principal e as duas dos extremos do cruzeiro, onde a rede de flores de pedra cortada occupa a totalidade de abertura. Em segundo lugar os vidros córados representando figuras diversas, faziam de cada janella um painel admiravel pela vivesa das côres transparentes da pintura exteriormente alumiada. O fundo das capellas e principalmente o da capella mór occupado pelas dez janellas em duas ordens apresentando paineis transparentes ornados das.tintas as mais vivas e divididos apenas por columnas delgadas, deviam produzir quando o edificio se achava completo e inalterado, o mais maravilhoso effeito, e terminar pelo modo o mais proprio a sublime perspectiva da vasta e altissima nave principal, tomada dos degraus interiores da porta da entrada.

Em todos os productos da imaginação é a unidade de pensamento uma belleza, ou antes uma condição de que não póde prescindir-se. Existe ella nos diversos poemas, na epopeia, no drama, e até na poesia didactica. Existe para o pintor nos quadros historicos, na paizagem e até nas representações de pura phantazia. Não são permittidas pelo gosto ao poeta nem ao pintor addições que passem além da acção completa, e os ornamentos episodicos só são consentidos e até louvados quando não desviam do pensamento principal, quando não alteram o effeito completo d'este pensamento. A architectura monumental está necessariamente sugeita a esta regra geral das bellas artes e um monumento uma vez completo exclue tudo o que se sahe fóra dos limites da unidade, e muito mais ainda quando essas superfetações tendessem a alterar a harmonia e condições do edificio primitivo.

Tal é rigorosamente no edificio monumental da Batalha a fabrica posterior á edificação primeira a qual se acha ainda incompleta, e a que por isso se dá o nome de *capellas imperfeitas.*

Consiste esta fabrica n'um edificio principal de projecção horisontal octogona, ligado ao edificio primitivo por um rectangulo cujas faces lateraes são o prolongamento das faces lateraes do corpo da igreja, e que fica situado por traz da capella mór e das duas capellas adjacentes. Este edificio quando completo devia elevar-se a uma altura pelo menos egual á da capella-mór.

De qualquer parte do interior do templo é e seria

sempre o edificio das capellas imperfeitas completamente invisivel, nem houvera meio de reconhecer d'ali a sua existencia, e ainda menos de avaliar-lhe a bellesa particular. Contemplado por fóra este edificio altera inteiramente a projecção cruciforme do templo, juntando ao remate da cruz um complemento extranho e fóra de toda a proporção, que não é possivel referir-lhe por maneira alguma. Finalmente este edificio quando acabado estabeleceria por traz da capella-mór e das duas adjacentes um espaço escuro em vez da area aberta e de claridade plena que o architecto primitivo ali deixára, fazendo desapparecer por esta maneira o primoroso effeito de transparencia e de luz do fundo do templo, o qual como já ponderámos, constituia o mais rico adorno e o mais sublime remate da sua prespectiva inteira.

Se se examina com attenção o lugar e maneira em que as duas paredes do espaço rectangular unem o octogono das capellas imperfeitas do edificio primitivo, vê-se immediatamente que este ultimo não era destinado a similhante juncção, nem pela sua disposição ou desenho nem pelo arranjo mecanico n'aquellas partes. Com effeito vem estas muralhas encontrar os reintrantes situados aos lados da capella-mór entre cada duas capellas adjacentes, reintrantes que completavam a linha regularmente sinuosa do fundo primitivo do templo, constituindo uma fachada opposta á da entrada, e que adornavam com seus primorosos lavores e a elegancia das suas formas, no meio, as dez janellas de duas ordens do fundo da capella-mór, formando uma especie de pavilhão central mais elevado, e nas duas alas as doze janellas das quatro capellas lateraes, coroando superiormente o todo a gradaria de pedra do contorno dos tectos, e dando o ultimo esplendor á perspectiva os dous elegantes corucheos das hellices, que communicavam o tecto da capella-mór com os terraços sobre as capellas lateraes. As duas muralhas do rectangulo das capellas imperfeitas, cortando como disse os reintrantes primitivos, dão lugar a dous recantos apertados e mesquinhos, um interno e outro externo, e cobrem e desfiguram toda a fachada posterior do templo, que o architecto primitivo configurara e embelezara como fica dito, fazendo portanto a juncção das capellas imperfeitas desapparecer n'esta parte todo o desenho primitivo.

É conhecimento geral que, todas as vezes que sobre o revestimento de uma muralha deve incidir o topo de outra, deixam-se na construcção da primeira cabeças de pedra salientes, formando uma especie de dentadura destinada a fazer com que as duas muralhas tenham entre si um engrazamento que as ligue, e forme de ambas um todo sem solução de continuidade. Os reintrantes porém onde vem applicar-se contra o monumento primitivo as duas muralhas das capellas imperfeitas, eram investidos de cantarias lisas, escudadas e lavradas como as do resto das frentes: seguiam n'ellas os mesmos lavores na mesma correspondencia das partes adjacentes, eram por conseguinte extensões de faces terminaes de modo nenhum destinadas a ser cobertas por outras construcções. A consideração pois da inserção ou juncção das capellas imperfeitas ao edificio primitivo acaba de pôr em evidencia, que aquella fabrica é completamente extranha ao projecto inicial, e rigorosamente destituida de nexo natural e de dependencia artistica relativamente ao mesmo projecto.

O interior das capellas imperfeitas apresenta em primeiro logar um espaço octogono, que parece devia ser coberto por uma abobada cujos arcos tem já as suas origens nas partes que se acham feitas, e deviam reunir-se por um fecho central no meio d'este espaço. Sete capellas communicam com este octogono por arcos ponteagudos correspondentes a sete das suas faces, a oitáva dos quaes, que é aquella por cujo meio passa produzida a linha media ou eixo da grande nave e capellamór da igreja, é occupada por um portico ou antes arco policurvo, ornado de um lavor riquissimo pelo qual o octogono communica com o espaço rectangular que une como disse as capellas imperfeitas ao templo primitivo.

A configuração d'este edificio, a disposição particular das capellas, as divisas, emblemas e mais promenores que as adornam, mostram claramente que o destino das capellas imperfeitas era o de um grande monumento sepulchral. Deviam receber os restos dos reis e principes da dynastia do fundador, que se acham ainda em tumulos provisorios de madeira e como temporariamente depositados no primeiro monumento, servir de jazigo a El-rei D. Manuel, mesmo, e talvez successivamente a seus successores. O espaço rectangular situado entre o grande arco do octogono e o fundo do primeiro templo, não parece ter sido destinado a outro uso mais que ligar ao antigo o novo edificio, franquear a entrada a este ultimo pelas duas portas praticadas nas suas faces lateraes e servir-lhe em certo modo de vestibulo.

Analysando com alguma attenção a estructura e desenho das capellas imperfeitas comparativamente com a estructura e desenho do primeiro edificio, é facil reconhecer uma variação quasi completa no gosto e genero de architectura adoptada pelos auctores de uma e outra fabrica.

No antigo edificio, particularmente no templo, o effeito não provem da variedade das fórmas, da multiplicidade dos ornatos, da variação dos promenores. Tudo ali é geralmente liso, tudo é singelo tudo grandioso e esbelto; o proporcionado das fórmas, a simplicidade magestosa das columnas, das abobadas e dos arcos, a distribuição judiciosa e calculada da luz modificada pelas tintas do envidraçamento, são as origens da força altamente impressiva e irresistivel do aspecto d'aquelle templo.

Na parte executada das capellas imperfeitas as formas tem cessado de ser homogeneas e simplices. Os arcos ponteagudos que servem de entrada ás capellas tem ali uma elevação muito menor que no templo, proporcionalmente á sua largura, o que lhes dá menos ligeiresa e muito menor elegancia. O arco principal pela complicação da sua curvatura foge da simplicidade magestosa do traçado de primeiro monumento, e a attenção do es-

pectador, na presença d'elle, em vez de ser captivada
pelo todo é attrahida pela execução na verdade primo-
rosa dos variados lavores e ornatos que o sobrecarre-
gam. Nas paredes do octogono, nas entradas das capellas, nas abobadas e nas janellas d'estas ha uma prodi-
galidade de ornamentos, que contrasta singularmente
com a simplicidade casta e nobre do edificio primitivo.
Em summa nas capellas imperfeitas predomina o trabalho minucioso da mão do artista, em quanto na fabrica primordial transcende o genio sublime do architecto.

Sendo pois como me parece haver demonstrado, as
capellas imperfeitas um addicionamento ao primeiro edificio da Batalha, alheio do projecto primitivo, sem con-
nexão rigorosa com elle, antes não podendo existir sem
alterar e destruir os effeitos de luz habilmente calcula-
dos para o templo, pelo primeiro architecto; entendo
que o addicionamento das capellas imperfeitas ao templo
primitivo da Batalha foi emprehendido contra as indica-
ções da razão, da arte, e do gosto, e que da conclusão
d'esta fabrica extranha acabaria de resultar, como já re-
sulta em parte do que se acha feito, grande diminuição
no completo e belleza do templo primordial.

Não pretendo dizer com isto que não sejam dignas
da attenção e da estima dos amantes das artes as capellas imperfeitas. Se este monumento sepulchral fosse
destinado a existir por si só, se se não houvesse ligado
a um monumento já completo em todas as suas partes,
a um monumento que além de completo não podia deixar de ser desfigurado e deteriorado por este addicionamento, a um monumento finalmente cujo genero de architectura e cujo gosto de construcção e ornatos não é
rigorosamente o mesmo, as capellas imperfeitas forma-
riam, quando concluidas, um edificio rico e sumptuoso,
estimavel talvez, por ventura admiravel no seu genero,
ainda que no meu conceito inferior ao templo da Batalha. Lamento por consequencia, que o desejo de esten-
der o primeiro monumento induzisse o emprehendedor

d'esta obra a contravir tão decididamente ás leis invariaveis da arte e do gosto.

Murphy, partindo do exame das partes já executadas nas capellas imperfeitas, dos começos das abobadas e das janellas superiores d'este edificio, imaginou a maneira porque elle deveria ser acabado, e apresentou na sua obra uma estampa conjectural do exterior das capellas imperfeitas como elle as concebia completas. Vê-se n'esta estampa que o abalysado architecto inglez conjecturou, que a abobada do octogono central seria rematada e coberta por um tecto pyramidal octogono de pedraria lisa, analogo até certo ponto ao que cobria antigamente a elevação central octogona da capella do fundador, que hoje se acha substituido por uma plataforma de telhões de cantaria. Vê-se na estampa que esta pyramide principal devia ser cercada de outras pyramides lavradas e abertas servindo de remates aos massiços correspondentes aos oito angulos do octogono, ficando sobre cada capella sepulchral uma plataforma.

Talvez o architecto inglez fosse levado a esta conjectura, ou antes a este systema seu de complemento para as capellas imperfeitas, por uma ideia menos exacta de analogia entre a ordenança do edificio primordial e a da fabrica d'estas capellas. Talvez não reflectiu elle bastante na passagem evidente que existe n'estes dois edificios de um a outro genero de architectura. No interior do templo da Batalha não se encontram vestigios de um só entablamento, não se acha cousa que se assemelhe a uma architrave nem a um friso. Os arcos e as abobadas nascem, sem intermedio algum, dos capiteis reunidos das columnas que revestem os pilares, e os muros continuam lisos por toda a parte até encontrar as curvas das abobadas, sem faixa, filete ou moldura qualquer horisontal que os corôe e limite na parte superior. O mesmo se observa na capella sepulchral do fundador na casa do capitulo, em todo o claustro, no refeitorio e geralmente em todas as partes da edificação primitiva. Nas capellas imperfeitas pelo contrario observa-se por cima dos arcos uma maneira de entablamento geral em que se distingue particularmente um friso ornado de relevos muito analogos aos dos frisos da architectura grega. Por cima d'este friso e correspondendo ao grande arco vê-se uma janella, ou talvez tribuna em começo, ornada de verdadeiros balaustres, guarda ou apoio inteiramente desconhecido no puro gothico. Estas differenças são em quanto a mim, sufficientes para me induzirem a' acreditar que o architecto ou architectos das capellas imperfeitas se haviam já desviado do typo de architectura gothica aperfeiçoada, que é o genero perfeitamente caracterisado e desenvolvido na maior perfeição no edificio primordial da Batalha.

Por outro lado, comparando a fórma da abobada ainda em parte existente do espaço que une as capellas imperfeitas ao edificio primitivo, vê-se logo que a construcção d'esta abobada differe essencialmente da construcção das abobadas do anterior edificio. A abobada do mencionado espaço é em extremo chata, e repartida por um numero considerabillissimo de archetes, os quaes em vez de separarem gomos magestosamente vastos e profundos dividem a abobada em espaços pequenos e apoucados e sobrecarregam-n'a com uma multiplicidade de fechos; apartando-se assim esta abobada da severidade e liberdade de traçado das abobadas da primeira edificação para o desenho mais prezo e mais minucioso, de que são typos, no reinado d'el-rei D. Manuel, a abobada da igreja de Belem e algumas no convento da ordem de Christo em Thomar.

As capellas imperfeitas apresentam-se á minha consideração como exemplares de uma architectura de transição, captivada ainda até certo ponto pela prezença do modelo sublime a que pretendiam ligal-as, e attrahida já pelas novas ideias e impressões de imaginação que pouco depois produziram a fabrica de Belem e outras analogas.

Nos edificios do genero muito particular de architectura a que ousarei chamar *Emanuelina*, não se observam já as fórmas geraes ponte-agudas nem a tendencia decididamente pyramidal, que, segundo a judiciossima asserção de Murphy, caracterisa essencialmente a archi-tectura gothica. Com esta tendencia geral no todo se apaga, a correspondente tendencia das partes, desappa-rece do arco o trianculo curvilineo (*egive*), e é substi-tuido pelo traçado semi-circular ou polycurvo. As co-lumnas perdem a delgadeza extrema que as distingue no gothico aperfeiçoado, e que obriga a reunil-as em feixes n'este genero de architectura para constituir pila-res da precisa resistencia, tomam maior robustez e maior diâmetro ao ponto de que a columna izolada é já sufficiente para supportar por si só a abobada nos edificios *Emanuelinos*, como se vê no templo de Belem e em outros d'este genero. Os feixes de columnas do gothico, supportando as suas abobadas ascendentes em gomos pontudos e exalçados, recordam á imaginação os multiplicados troncos dos abetos e pinhos das nossas regiões boreaes, suportando as suas ramagens sempre ascendentes, em quanto a columna izolada da archite-ctura *Emanuelina* com a sua abobada quasi plana e miu-damente articulada recorda o tronco solitario da pal-meira oriental com a sua larga copa quasi parallela ao horisonte.

Estas considerações sobre a estructura das capellas imperfeitas e sobre a architectura posterior para a qual ellas, no meu entender, manifestam já uma decidida tendencia, me levam a duvidar que o traçado completo d'esta obra envolvesse os remates com os quaes Murphy conjecturou que ellas iriam ser terminadas; antes me inclino a acreditar que a existencia do friso geral do in-terior com os outros desvios já notados da ordenança gothica pura, auctorisam a suppor, que este edificio se-ria limitado superiormente por plataformas, ornadas nos contornos com grades e remates, como effectivamente são terminados todos os edificios do reinado de el-rei D. Manuel.

CAPITULO II

Quando o architecto inglez Murphy no anno de 1789 visitou o Edificio Monumental da Batalha, achava-se elle em muito melhor estado de conservação do que veio a estar posteriormente, e em particular depois da invasão de Massena em 1810, e depois do abandono quasi completo em que jazeu desde a extincção da Ordem religiosa dos Dominicanos em 1834. Comtudo, já n'aquella época havia no edificio ruinas consideraveis, e sobretudo já a falta de gosto a mais imperdoavel se tinha atrevido a deturpar algumas partes do monumento com o intuito de embelezal-o. Murphy levado provavelmente por um sentimento generoso de deferencia para com os religiosos que ali o agazalharam, dissimulou o sentimento de indignação artistica que deviam necessariamente suscitar-lhe aquellas deturpações, e não quiz fazendo menção d'ellas offender nem levemente a cortezia para com os seus hospedes. Desligado porém de similhantes considerações não posso eu abster-me de lamentar o atrevimento, com o qual homens sem conhecimentos e sem gosto se arrojaram a juntar o parto mesquinho e apoucado de suas imaginações ás obras do talento e do genio, alterando com ellas os primores da verdadeira arte. Quando a mão do tempo e a acção invencivel da natureza alteram as obras dos homens, quando as ruinas são o resultado inevitavel do curso dos seculos, aquelle que as contempla sente uma impressão de respeito e por ventura de saudade, que se alguma cousa tem de malancolico, não desperta outro algum sentimento menos contemplativo nem menos suave. Os primores das artes assim alterados pela natureza, conservam ainda mais ou menos vestigios da sua primitiva belleza, e a hera silvestre enlaçando o fuste da columna ainda erecta, o achanto nativo cobrindo em parte o achanto marmoreo do capitel derrocado, tem uma expressão, tem uma poesia propria, capaz de inspirar o canto do poeta, e que reproduz com graça inimitavel o pincel do artista. Um primor porém de elegancia e de gosto menoscabado e adulterado pela inserção de um ornato grosseiro disparatado ou mesquinho, sómente desperta a indignação, e é contra o genio das artes uma flagrante blasphemia.

No templo da Batalha não póde ver-se sem horror a audacia presunçosa, com que os possuidores d'este monumento mutilaram o fundo da capella-mór até á altura das janellas da segunda ordem, para substituir ás janellas e quadros transparentes que as adornavam, um tabernaculo de madeira da mais vulgar estructura coberto de ligeiras e insignificantes douraduras sobre um fundo dealbado, contrastando pela exiguidade e mesquinhez de seus ornatos com a grandeza e simplicidade do templo, destruindo a fórma e caracter primitivo da architectura n'aquella parte, e cortando nas cantarias das soberbas janellas do fundo quanto foi necessario para estabelecer esta universal fabrica. Não póde deixar de vêr-se com igual indignação a mutilação das columnas dos lados da mesma capella para o estabelecimento de espaldares de madeira pintados e dourados de duas ordens de cadeiras de couro, nem as anteparas de madeira que convertem em arcos semicirculares apoucados as aberturas esbeltas e ponteagudas da capella-mór com as capellas lateraes.

As duas capellas adjacentes á capella-mór foram igualmente escurecidas, desfiguradas e obstruidas no seu fundo, privados do seu envidraçamento e luz propria pela applicação de dois grandes retabulos de pau, do mais ordinario gosto.

A ultima janella da nave esquerda, distincta das outras pelo desenho particular de seus ornatos, foi pelos Dominicanos, coberta interiormente com a pesadissima construcção de um orgão e do respectivo coreto, que interrompia a perspectiva da nave, e mutilado exteriormente para estabelecer no terraço sobre o claustro um miseravel telheiro para serviço do orgão.

Pelo que respeita ás ruinas das differentes partes do edificio, seria injustiça attribuil-as inteiramente ao estado de abandono em que jazeu desde a extincção da ordem dos Dominicanos até ao anno de 1840, por quanto ainda que este periodo de total desleixo e abandono contribuiu poderosamente para o augmento das mesmas ruinas, estas, e o que é mais ainda, as devastações do monumento datam de épocas muito anteriores.

Havia muitos annos que os religiosos possuidores do mosteiro não empregavam meios nem cuidados convenientes e convenientemente dirigidos para a sua conservação, e até contribuiam por vezes elles mesmos para a degradação mais prompta das suas diversas partes. Assim, por exemplo, consentiam que dos quadros transparentes das janellas se destacassem e levassem algumas partes, e particularmente cabeças com que chegaram a brindar elles proprios alguns viajantes.

A maior parte dos ornatos externos superiores do monumento foram pouco e pouco mutilados com o andar dos tempos, e alguns com os abalos do solo, como a pyramide cu coruchéo que cobria a parte central da capella sepulchral do fundador, cuja base octogona se acha hoje limitada superiormente por uma simples plataforma de telhões de cantaria. As rendas ou grades de pedra que guarneciam os tectos, e as flores de liz do mais bello desenho e apurado corte que superiormente as ornavam, foram-se damnificando, cahindo gradualmente, e desappareceram quasi de todo, especialmente no contorno da cobertura do corpo cruciforme mais elevado. Os coruchéos menores que serviam de remates aos gigantes e aos botaréos das faces, desappareceram intactos. Tiveram a mesma sorte as grandes pyramides que coroavam as escadas em helices que dão accesso aos cumes; finalmente a maxima pyramide contigua ao cruzeiro, obra de um desenho tão atrevido quanto delicado e elegante, depois de permanecer por alguns annos desviada da vertical precipitou-se e desappareceu até a altura da torre que lhe servia de base.

A cobertura do espaço cruciforme, consistindo em telhões de cantaria do mesmo calcáreo branco de que é construido todo o edifício, veiu achar-se grandemente damnificada, por isso que os religiosos em vez de substituirem por peças novas de cantaria as que se partiam por causas accidentaes ou se corroiam pela acção das geadas, contentavam-se de vedar as fendas com argamassa de cal e areia, e por vezes de cobrir os estragos com telhas communs de barro, que contrastavam atrozmente com a nitidez geral da cobertura.

O desleixo na extirpação da vegetação que naturalmente tende a estabelecer-se nas juncções da cantaria, deixou vingar por toda a parte não só plantas annuaes e herbaes, mas até troncos vivaces e arbusticos, principalmente grande copia de silvas e figueiras bravas. O engrossamento successivo das raizes d'estes vegetaes foi deslocando as pedras e abrindo por toda a parte grande numero de intersticios, pelos quaes as aguas pluviaes penetravam no corpo das abobadas e no massiço dos botaréos e dos muros, surdindo no interior ao ponto de haver extenções de pavimento permanentemente alagadas e cobertas de agua estagnada em todo o inverno, como por exemplo a nave direita da igreja na capella do fundador e nas arcadas do claustro.

As janellas achavam-se privadas pela maior parte dos paineis transparentes que as guarneciam, as reliquias d'estes paineis achavam-se quasi todas mutiladas, e as figuras, pela maior parte, privadas de cabeças. Os frades tinham remendado grosseiramente as aberturas com caixilhos de vidros ordinarios de todas as formas e grandezas, chegando ao ponto de cobrir exteriormente as bandeiras abertas dos angulos curvilineos de algumas janellas com uma argamassa geral de cal e areia, como ainda se vê nas janellas lateraes da capella-mór. Em outras janellas a acção inevitavel e constante do tempo, e talvez abalos do solo, aluiram e desviaram da vertical as pilastras compridas o delgadas que dividiam os seus vãos e supportavam a pedraria aberta das bandeiras, umas das quaes se arruinaram em parte, e algumas precipitaram-se de todo. Infelizmente nos ultimos annos foi o monumento por tal fórma abandonado que era permittido penetrar em todas as suas partes sem guarda nem vigilancia, o que por certo contribuiu poderosamente para o augmento das ruinas tanto geraes como parciaes.

Em quanto ás capellas imperfeitas, o seu abandono parece datar da época em que n'ellas se suspenderam os trabalhos de edificação. Com effeito não apparece vestigio algum de construcção provisoria destinada a preservar das injurias do tempo as partes concluidas com tanto esmero n'aquelle edificio. Não sómente o octogono central ficou completamente aberto, mas do mesmo modo as abobadas das capellas que o circumdam, os topos dos massiços que as separam, e a abobada do espaço que une o todo á igreja primitiva, não parecem ter sido jámais defendidos por uma cobertura superior, ou pelo menos não ha memoria de similhante preservação.

D'aqui provém acharem-se as capellas imperfeitas cobertas de uma vegetação poderosissima; cujo effeito chegou ao ponto de precipitar, tanto pelo peso como pela disjuncção das partes, uma porção consideravel da abobada do espaço rectangular intermedio. É muito para lamentar que fracturas e mutilações expressa e determinadamente feitas tenham ajudado a deteriorar o que existe d'esta obra, particularmente no arco principal onde se acham quebradas a martelo algumas rendas partidas violentamente, roubados alguns remates e desapparecidas duas estatuas de S. João Baptista e S. Domingos, as quaes ainda conheci na minha infancia nos nichos, ou antes pianhas com doceis, que adornam o mesmo arco.

N'este estado se achava o monumento da Batalha, quando Sua Magestade El-rei o Senhor D. Fernando visitou o dito monumento em 1836. Sua Magestade percorreu com a maior attenção todas as partes do edificio, desde os pavimentos inferiores até á cobertura, e penetrado das bellezas da fabrica, empenhou-se, no seu regresso á capital, em fazer com que o governo curasse da sua reparação. Decretou-se, passado algum tempo, uma somma annual para este effeito, e o cuidado do edificio foi commettido á direcção das obras publicas na divisão do centro, de que tomei conta no anno de 1840, passando depois a ficar a cargo da inspecção geral das obras publicas do reino, de que estive encarregado até aos fins do corrente anno de 1843.

Depois de examinar e reconhecer o estado do edificio e os poucos principios de obras que alli havia apenas encetado o official que me havia precedido na direcção das obras publicas da divisão do centro, determinei immediatamente o systema que me cumpria seguir na applicação dos fundos votados a favor do monumento: fundos na verdade pequenos, mas com os quaes eu esperava conseguir obstar ao incremento das ruinas, removendo as principaes origens d'ellas, e ir pouco a pouco restaurando as partes alteradas e mutiladas; sempre confiado em que, logo que eu podesse desviar a dolorosa apparencia de desleixo e incuria que havia encontrado, a impressão irresistivel das suas bellezas artisticas e as sublimes e patrioticas recordações ligadas a este monumento decidiriam o amor das artes, o patriotismo e amor proprio nacional a ajudar com mais amplos recursos os meus trabalhos.

Apesar da insufficiencia dos meus conhecimentos artisticos e da escassez dos meus meios materiaes, deime com ardor, e posso dizer com enthusiasmo ao estudo d'esta elegante fabrica, e puz a mão a obra da sua successiva reparação. Não desanimei em vista das difficuldades, não esmoreci diante da escassez dos meus proprios recursos; por isso que, para remover a causa da ruina futura, · eram sufficientes conhecimentos geraes guiados por uma attenção perseverante na sua applicação especial; e para effectuar as restaurações ao alcance dos meus meios, tinha eu nas partes ainda intactas do monumento os exemplares necessarios, e na bella obra de James Murphy o traçado e descripções d'aquellas partes de que appareciam sómente vestigios. Entendi que, com estes recursos e guiado pela paixão de restaurar bellezas d'aquella ordem, alguma coisa poderia fazer que fosse digna de approvação. Na verdade, monumentos ha de tal ordem, e n'este numero se inclue em grau muito elevado o da Batalha, cujo exame e estudo fecunda mais a imaginação artistica em um dia, do que as leituras e meditações sem exemplares em muitos annos.

A primeira cousa, que me cumpria fazer, era remover quanto antes as causas principaes da ruina do edificio, isto é, vedar a entrada das aguas no interior e extirpar a vegetação em toda a superficie externa: dei-me portanto immediatamente a estes dous trabalhos. Pelo que respeita á estirpação das hervas, era ella geralmente facil, e na maior parte dos casos bastava raspar ligeiramente as juntas para a conseguir; não acontecia porém assim quanto aos arbustos, porque cortadas até á face das cantarias as suas partes aerias, ficavam ainda as raizes que me não era possivel seguir por entre os ornatos, sem os damnificar. As raizes, continuando vivas, haviam de reproduzir novos ramos, e ainda que cortando estes apenas produzidos acabariam ellas por morrer este processo seria moroso, e os cortes e reproducções repetidas dos ramos não podiam deixar de arruinar mais ou menos o estado das juntas. Lembrei-me por isto injectar algumas raizes com acido sulfurico diluido, e desorganisal-as por este modo. Consegui effectivamente por elle matar e até mesmo extrahir meio carbonisadas algumas raizes fortes; em outros casos porém fui obrigado a desmontar os massiços até ás juntas onde os arbustos vegetavam, e a reconstruil-os depois da extirpação destes. As radiculas das plantas herbaceas eram em algumas partes tão multiplicadas que formavam por baixo das lages de cobertura uma especie de tecido ou estofo continuo, que me obrigou a levantar as lageas em muitas partes para extrahir este corpo elastico e premeavel á agua, e a refazer os massames que por elles se achavam substituidos.

A situação do monumento em um logar humido e fresco introduz tal vigor na vegetação, que se não houver o maior cuidado em a destruir, quasi diariamente, será impossivel conservar devidamente o edificio.

A primeira parte da cobertura, de que me occupei, foi o grande claustro, não só porque era ali que se manifestavam as maiores infiltrações de aguas pluviaes, mas tambem porque, sendo a sua cobertura de lagedo liso, tinha eu á mão nas ruinas das partes não nobres do edificio meio de ocorrer immediatamente a esta obra. Grande numero de lages se achavam partidas, e todas as juntas abertas pelo tempo e pela vegetação.

Substitui as lages fendidas, renovei as argamassas onde foi mister, e vedei as juntas com o cimento vulgarmente chamado de *Roma*. Consegui por este modo obstar á infiltração pelas abobadas do claustro, mas nem por isso dei por concluida a obra da sua cobertura, por que a cornija que remata o terraço sobre o jardim se achava quebrada e mordida em toda a sua extensão, dando logar a grande numero de goteiras irregulares, por onde a agua desce encostada ás faces com grande damno das bandeiras de pedra levantadas e abertas que aformoseiam os arcos do claustro. As peças que formam a cornija carecem de ser substituidas por peças novas, trabalho que eu reservei para quando houvesse occorrido a outras reparações mais urgentes.

Passei da cobertura do claustro á cobertura das differentes partes da igreja. Fiz rever e betumar todos os canos superiores, cortar e preparar tantos telhões de cantaria eguaes e similhantes aos antigos, quantos me foram precisos para substituir os que achei partidos ou alterados, conseguindo, por estes meios, vedar, iuteiramente a entrada das aguas pelo tecto, tanto no templo como na capella do fundador.

Poderia ter conseguido a reparação da cobertura do edificio por um modo mais simples, talvez menos sugeito a alterações, e por isso mesmo conservavel, com menos vigilancia, se tivesse adoptado, como alguns me propozeram, a preparacão moderna geralmente denomi‑nada *asfalto*, porém as minhas ideias repugnavam inteiramente a adopções d'esta especie, e isto pelas seguintes rasões; em cada época das artes satisfazem ellas aos diversos fins por meios differentes, mais ou menos simplices, mais ou menos perfeitos, segundo o seu maior ou menor estado de adiantamento. Estes meios, particulares a cada época, são caracteristico do estado da arte ua mesma, e estão geralmente em harmonia e ligação intima uns com os outros, e com o todo da producção artistica. O introduzir, para qualqner fim, por exemplo, para o de cobertura de um monumento, um meio ou processo alheio a todos aquelles que se conheciam na época da edificação, persuado-me que não é permittido ao restaurador; embora esse methodo ou processo seja mais simples e até absolutamente mais nitido que qualquer outro; e isto tanto mais quanto o monumento que se restaura, tem um estylo mais decididamente caracterisado.

O monumento de Batalha nao pode deixar de considerar-se como um dos modelos mais elegantes e mais completos, como um dos exemplares mais decididamente caracterisador do genero e architectura denominada gothica, levado ao auge de perfeição. N'este monumento empregou o architecto todos os meios os mais perfeitos, ricos e nobres, de desempenhar as condições de construcção que eram conhecidos na sua época. Estes meios têem todos uma relação intima de proporção, de forma e de gosto; todos se referem a um mesmo estado de adiantamento da arte : todos são por conseguinte uma exposição, uma historia do estado a que ella havia chegado. A introducção, pois, de uma invenção do seculo XIX na restauração de um monumento perfeitamente caracterisado do decimo quinto seculo seria uma injuria á razão e ao gosto, e um anachronismo imperdoavel.

O problema que tem a resolver o restaurador de um monumento precioso é um problema de copia ou de fiel imitação; deve excluir a invenção propria e até mesmo o espirito de correcção e de melhoramento. Não é licito ao restaurador introduzir na obra que restaura, ideias nem concepções extranhas ás do primeiro inventor; deve procurar penetrar-se quanto possivel do caracter primordial da invenção, com o fim de reproduzir, taes quaes eram inicialmente, as partes mutiladas ou destruidas de que restam vestigios, e de substituir as que desapparecem de todo por um modo tão analogo e em tanta harmonia com as outras partes, que o inventor primitivo podesse julgal-as suas, se porventura tornasse a examinar a sua obra.

Em todos os trabalhos que eu comprehendi, e em todos aquelles que tentava emprehender na restauração do monumento de Batalha, segui e contava seguir religiosamente os principios que acabo de expor, e isto não só na forma, mas tambem na materia. Fui procurar as escavações d'onde tinha sido extrahida a pedra de que foi construido o monumento, com o fim de que a identidade completa do calcario désse ás peças novas inteira similhança com as antigas, não sómente debaixo do cinzel do esculptor, mas tambem debaixo da influencia sucessiva da atmosphera. As partes que consegui restaurar teem exactamente a configuração geral, as mesmas dimensões e até os mesmos pormenores de ornato que tinham essencialmente, e estou certo que quando o tempo lhes houver dado a tinta vetusta que teem as partes antigas do monumento, e que me não era possivel dar-lhes, hão de ellas confundir-se inteira e completamente com a primitiva edificação.

Conforme com estes princípios deixei á cobertura superior do edificio a sua antiga natureza, substituindo por peças identicas e identicamente postas, todas aquellas que encontrei arruinadas, consegui por este meio vedar inteiramente a entrada da agua pelas abobadas, e posso asseverar que, se aquelles que me succederem na conservação do monumento, tiverem o cuidado de entreter sempre as juncturas betumadas e purgadas de vegetação, estará elle por longos annos ao abrigo de ruinas por infiltração de aguas do tecto.

Uma das partes que achei mais arruinadas no edificio da Batalha, foram os botaréos em arco que ligam a nave principal ás lateraes. Todas as aguas pluviaes recebidas no tecto da nave principal da capella-mór e do cruzeiro, são conduzidas ás goteiras de diversas figuras que as lançam fóra do edificio por calhas ou canos abertos, praticados na face superior inclinada dos botaréos. A grande copia de aguas que descem por estas calhas apressou a sua ruina, as pedras desuniram-se, a agua penetrou no corpo dos sobre-arcos, e alterou a construcção e solidez dos mesmos a tal ponto que dois desappareceram inteiramente. Quando fui exonerado da commissão do monumento da Batalha, tinha começado a occupar-me do restabelecimento d'estes membros essenciaes da construcção, cuja existencia completa não é indispensavel sómente para a regularidade da apparencia, mas tambem para o equilibrio e rebustez do edificio. Para este fim tinha eu já reunido copia de cantarias brutas, e ordenado o seu apparelho, e para affiançar maior duração a estas partes tencionava revestir com um cano de chumbo inserido em cada uma das calhas a parte superior dos botaréos, com o que se obslaria ás infiltrações sem alterar por maneira alguma a forma ou a apparencia d'elles. Tinha eu tanto maior desejo de reparar de prompto os botaréos, quanto havia observado que me era impossivel sem isso vedar inteiràmente a penetração da agua na igreja; porque effectivamente algumas infiltrações que ainda alli teem logar, dependem das aguas que penetram no corpo dos botaréos, d'alli seguem as juntas de cantarias das muralhas, e vem surdir em certa altura no interior do templo.

Ao mesmo passo que se praticavam estas obras mais grosseiras, começava-se a restauração mais delicada das partes do edificio, a cuja ruina cumpria acudir com maior promptidão. Já disse que a maior parte das janellas se achavam desguarnecidas do envidraçamento primitivo, e que as suas pilastras e bandeiras de pedra lavrada e aberta, se achavam damnificadas, e até totalmente destruidas em algumas. Dei-me com toda a attenção a esta restauração começando-a pela primeira janella da nave lateral da esquerda, cnjos ornatos tinham desapparecido inteiramenie. A bandeira e as pilastras foram desenhadas e executadas em perfeita semelhança com as das janellas eguaes e contiguas, e a perfeição com que este trabalho foi executado pelo lapis e escopro do canteiro de ornatos José Maria, natural de Lisboa, e anteriormente empregado pela intendencia das obras publicas da capital, me fez conhecer que poderia com os nossos artistas actuaes conseguir a mesma perfeição de desenhos e cortes de pedra, que se havia obtido dos primeiros artistas, em quanto encontrasse exemplares ou ainda vestigios que me guiassem na restauração.

Progredi na reparação de todas as janellas d'aquclla face até á ultima, d'onde fiz desapparecer interiormente a fabrica importuna e mutilada do orgão, e exteriormente o telheiro improprio que a cobria, restituindo-lhe por meio das precizas reparações a elegancia da sua forma, e o seu destino primitivo.

Quando passei ao exame das janellas da ordem superior, isto é, das da nave central, sobre o tecto das lateraes achei, como era de esperar por estarem em situação mais desabrigada e exposta ao tempo, os seus ornatos mais profundamente arruinados, principalmente nas do lado direito. As pilastras estavam quasi todas corruidas nas junccões das pedras e desviadas da direcção rectilinea e vertical, ameaçando por conseguinte precipitar-se bem como as bandeiras que sustentam. Observei que havia um desvio da vertical em toda a parede d'estas janellas, desvio que se nota em algumas outras partes do edificio, e que não sendo egual em todas ellas parece ter antes por causa abalos accidentaes do solo, do que um abatimento ou descenço nas fundações; o que se corrobora ainda pela presença de algumas pequenas fendas e deslocações parciaes, que, com muita attenção, se descobrem em algumas paredes e nos fechos de alguns dos arcos. A janella que reparei na totalidade, apresentava no seu triangulo curvilineo (*ogive*) um d'estes desvios, cujo erro foi mister distribuir proporcionalmente por todo o desenho da bandeira.

A falta de perpendiculo na mencionada parede obrigou-me a recorrer para segurar os ornatos a um meio subsidiario ; por quanto sendo as pilastras extremamente delgadas e formadas de varias peças em contacto sómente pelos topos, só são susceptiveis da rebustez precisa, quando rigorosamente rectilineas e verticaes, e esta ultima condição era incompativel com o desvio actual da muralha, ao qual a direcção das pilastras está sujeita. Vi-me pois obrigado a ligal-as e fortalecel-as com barras de ferro transversaes fixadas nos lados das janellas e para evitar que a oxidação do ferro viesse a estalar as pilastras nos lugares onde este metal entrasse n'ellas. liguei-as ás barras com braçadeiras de bronze, tendo o cuidado de collocar este apparelho de segurança pela parte interior, e tencionando fazer-lhe corresponder por tal modo o envidraçamento, que a sua presença ficasse dissimulada e não deturpasse por maneira alguma o aspecto das janellas.

Já tive occasião de lembrar que os quadros transparentes das janellas da Batalha, tão essenciaes ao edificio como ornato e meio de modificar convenientemente a claridade, se achavam grandemente mutilados e devastados desde o tempo dos Dominicanos; porém, no intervalo que decorreu da oxtincção da ordem até ao anno de 1840, cresceu sobre maneira esta devastação, e a falta das cabeças sobre tudo tornava incompletos qnasi todos os quadros, ou antes fragmentos de quadros escapados os quaes no meio do immensos espaços abertos ou fechados em caixilhos de vidro de toda a especie, se viam aindo alguns dos vãos. A insufficiencia dos meios pecuniarios adequados punha-me na impossibilidade de substituir os transparentes antigos por outros inteiramente novos, os quaes só me seria possivel obter por alto preço. importando-os dos paizes onde se fabricam. Por outra parte, ainda que os modernos tenham hoje restaurado o processo de pintar indelevelmente a vidraça, processo este que consiste, como todos sabem, em applicar sobre o vidro por meio da essencia da terebentina os oxidos metalicos que devem produzir as cores, submettendo a vidraça assim-pintada ao grau de calor preciso para vitrificar os acidos, e dar transparencia a todas as partes do quadro ainda que este processe, digo, tenha sido restaurado pelos modernos, applicam-se elles geralmente em grandes placas de vidro em que incluem um quadro, ou pelo menos uma grande parte d'elle; em quanto os antigos só faziam esta applicação a laminas de vidro muito pequenas, de modo que qualquer figura era composta de um numero considerabilissimo de fragmentos, ligados entre si com caixilhos de chumbo. Posto que o processo e o effeito sejam proximamente os mesmos, o meio com tudo é diverso, e aquelle que consiste na reunião das pequenas laminas pelo chumbo, forma o envidraçamento caracteristico dos edificios do decimo quinto seculo. Estas razões me determinaram a adoptar para o restabelecimento das vidraças na Batalha o systema seguinte, que havia começado a pôr em obra, quando cessei de ter a meu cargo o cutdado do monumeuto.

Escolheram-se com a maior attenção todas as partes e figuras dos antigos quadros que se achavam completas ou facilmente completaveis, e formaram-se com ellas pequenos paineis ou medalhões eguaes, destinados a figurarem em cada um dos vãos que deviam envidraçar-se. Como porem estes medalhões perderiam todo o effeito se a luz penetrasse inteira pelo espaço adjacente, inseriram-se em caixilhos geraes de um desenho proprio, que deviam ser guarnecidos de vidros lizos córados na massa, destinados a temperar a luz de modo que fizesse sobresahir os medalhões, dando ao mesmo tempo ao interior do edificio a claridade modificada, eminentemente apropriada áquella especie de architetura.

Por este systema pretendia eu conservar quanto podesse do antigo, suprindo por um meio analogo e em nada pretencioso ou disparatado aquillo que não podia restabelecer no primeiro estado. Esperava eu envidraçar por este modo as janellas das naves e cruzeiro, e com os restos que me ficassem, obter as figuras precisas para restabelecer perfeitamente na fórma primitiva os transparentes dos fundos das capellas mór e adjacentes, onde este bello adorno se torna mais que em outra qualquer parte, indispensavel.

Para que este resultado se consiga, é absolutamente necessario a maior attenção em não perder uma só parte dos antigos quadros, e ser-me-ha licito inculcar esta necessidade a quem quer que haja de cuidar da continuação d'aquelle trabalho.

Na juncção das naves lateraes com o cruzeiro da igreja da Balalha, e bem assim entre as capellas adjacentes á capella mór, existem escadas em elypse, duas das quaes sobem desde a baze até ao cume do edificio, estas elypses terminam superiormente em quatro torres octogonas terminadas por pyramidas ou coruchéos de bases semelhantes e de diversas grandezas, cuja reunião constituia um dos mais primorosos ornatos do cume do edificio. Encontrei todas estas pyramidas mais ou menos arruinadas: umas truncadas, outras descosidas, corroidas as cantarias das torres, e a menor de todas completamente. aniquilada. Existia porém uma que apezar de perigosamente arruinada conservava ainda todas as suas partes, incluindo o florão que lhe servia de extremo, e apresentando-me por conseguinte um exemplar completo para a restauração de todas as outras.

Comecei por apear esta pyramida até á altura onde se encontrava inalteravel. Fiz apparelhar e esculptar as peças destruidas em copia fiel das existentes, restabelecendo assim em estado de perfeição esta primeira pyramide, e successivamente outras duas, terminando por construir inteiramente de novo a que havia desapparecido, assim como a torre que a sustentava. Contava depois ir trabalhando, á medida do tempo e dos meios, na restauração successiva de todas as pyramides menores do tecto, todas mais ou menos truncadas e mais ou menos destruidas. Projectava egualmetne ir apparelhando e collocando a gradaria superior de pedra, ornada de flores de lys, a qual, como já disse, se acha quasi completamente desapparecida na parte mais alta do monumento.

Tencionava occupar-me a final da reedificação mais laboriosa e dificil da grande pyramide de pedra lavrada e aberta, que servia de remate á torre particular, contigua á sachristia e cruzeiro. Esta pyramide elevava-se muito acima de todas as outras, e o seu vertice era o ponto culminante de todo o edificio. Tinha já feito desenhar em grande escala a perspectiva e as secções necessarias para esta obra; e guiado por estes desenhos, extrahidos dos trabalhos de Murphy que observou ainda a pyramide inteira, como eu tambem a conheci na minha infancia, e que poude represental-a com exactidão,—guiado tambem pelas reliquias que ainda restam amontoadas, e algumas na situação primitiva, contava eu poder restabelecer dentro de tres ou quatro annos esta elegante fabrica, e restituir com ella ao monumento um dos seus mais vistosos e atrevidos adornos exteriores.

Assim esperava eu ir reintegrando parte por parte e peça por peça, quanto se acha mutilado ou destruido no monumento primordial da Batalha, e passar logo que me fosse possivel, a restaural-o no interior, como já tinha começado a fazer na capella sepulchral do fundador. Era minha intenção restitnir á capella mór e ás adjacentes a sua disposição e ordenança primitiva, remover os retabulos modernos, restabelecer as janellas mutiladas com os seus respectivos transparentes, isolar os altares e recuar o altar mór da posição actual onde o degráo invade em parte o tumulo d'el-rei D. Duarte e da rainha D. Leonor, situado ao pé do mesmo altar, tirar os espaldares e anteparas de madeira da capella mór, e restituir ás pilastras e aos muros a sua primitiva fórma. Com estas obras recobraria o tempto a belleza, a pureza do estylo e a ordenança primordial.

Não me persuado que as capellas imperfeitas devessem ser acabadas, ainda mesmo quando para tão grande obra houvesse os meios necessarios ; e na primeira parte d'este escripto se acham expendidas as razões d'este meu pensar. Intendo porém que a parte das mesmas capellas, que se acha feita, deve ser preservada de ruina, e para o conseguir propunha-me eu a adoptar o systema seguinte :

Estabelecer sobre as abobadas das capellas lateraes, sobre os topos dos massiços, que as separam, uma cobertura de mera preservação, que lançasse as aguas fóra do edificio, obstando ao effeito estragador dàs infiltrações e da acção continua das mesmas aguàs. Deixar aberto o octogono central e revestir o seu pavimento, assim como o das capellas com um meio qualquer, *v. g.* lagedo, ladrilho, ou asphalto, com o fim sómente de obstar á vegetação e de entreter limpo e franco o mesmo pavimento. Apear o resto da abobada arruinada do espaço que une as capellas imperfeitas ao primordial edificio, preservando com a conveniente cobertura o arco principal e as paredes lateraes.

Com estas disposições, de simples resguardo ficaria a obra das capellas imperfeitas a abrigo das ruinas, que, a não ser assim, devem accelerar rapidamente a sua destruição; poderia esta obra, e os primores do trabalho delicado que apresenta, ser estudada e apreciada ; assim como o estylo particular da sua architectura, e esta parte accessoria do monumento da Batalha permaneceria, não completa como o edeficio, mas preservada e por assim dizer guardada, como os exemplares de trabalho ou gosto pertencentes a qualquer obra incompleta, se conservam para a satisfação ou estudo dos curiosos em um muzeu ou galeria de artes.

CAPITULO III

Encostadas ao edificio monumental, de que temos tratado nas partes antecedentes d'este escripto, existiam diversas construcções de architectura vulgar, destinadas ao uso dos religiosos Dominicanos aos quaes o fundador doára o monumento. D'estas construcções umas foram queimadas na época da invasão de algumas das provincias do reino pelo exercito de Bonaparte, outras chegaram a um estado mais ou menos adiantado de ruina. O convento queimado e grande numero de officinas arruinadas não merecem ser reparadas, nem mesmo o devem ser, porque a sua architectura é baixa e vulgar e da sua demolição total deve resultar a vantagem de descobrir e tornar mais aparente o monumento por aquelles lados. Outras construcções devem conservar-se não só porque a sua architectura é já mais nitida e nobre, mas porque são indispensaveis ao serviço do monumento.

Apliquei-me juntamente com as reparações do edificio monumental á designação e escolha d'estas construcções que cumpria conservar, e bem assim á edificação de algumas paredes, indispensaveis para as tornar independentes, das que deviam ser inteiramente demolidas; e feito isto projectava completar a demolição do resto, e remover do terreno todos os entulhos e destroços, desembaraçando assim o monumento da presença d'aquellas ruinas ignobeis, que lhe dão actualmente uma apaªencia de desolação e de abandono em extremo impropria e desagradavel.

A situação em que o edificio monumental da Batalha foi construido, é baixa e cercada de colinas e montes, alguns dos quaes ficam mui proximos ao mesmo edificio, e obstam a que elle possa ser descoberto de longe, especialmente pelo lado da frente principal. A villa da Batalha hoje mui diminuta em povoação foi irregularmente construida em volta do mosteiro, sem que houvesse a attenção de deixar em torno d'elle um largo ou praça conveniente para offerecer um ou mais pontos de vista vantajosos para a contemplação da perspectiva exteᵣior da fabrica; e entre as habitações que compõe a villa não ha uma só que não seja de aspecto pobre e mesquinho.

Ou fosse porque na edificação primeira do monumento, ou na da obra posterior das capellas imperfeitas que ficon imcompleta não houvesse o cuidado de remover os entulhos provenientes da construcção, ou porque as aguas, que no inverno descem das colinas visinhas ao monumento, tenham arrojado para a baixa terras e areias, é certo que a fachada principal e grande parte da face lateral da direita do edificio se acham subterrados até uma certa altura, o que obrigou a constuir diante das portas principal e lateral da igreja, uma especie de adros mais fundos que o terreno adjacente, e para os quaes se desce por um certo numero de degráos; adros cuja edificação é evidentemente posterior á do monumento, e teve só por fim evitar a obstrucção das portas. Este aterro ·cobria a verdadeira base do monumento, e com ella o socco e molduras da parte inferior do contorno, as quaes hoje estão ·já a descuberto por meio de um pequeno fosso que se praticou encostado ás muralhas, e até á profundidade do plano dos adros.

Para desembaraçar o edificio d'este aterro inconve-
niente, que, além de diminuir a sua bellesa obsta ao
conveniente desvio das aguas, era minha intenção tra-
çar em torno de todo o edificio uma area sufficiente-
mente espaçosa, e quanto possivel regular, demolindo
para este fim algumas casas já arruinadas, que se acham
demasiado proximas ao monumento, e desentulhar esta
area rebaixando-a até ao plano dos adros suportando as
terras adjacentes com uma muralha de resguardo, des-
viando convenientemente as aguas e dando a esta especie de adro geral um pavimento firme e regular, que
permitisse entreter sempre no estado conveniente de
aceio a circumferencia do edificio ; sendo muito para de-
sejar que o contorno da area assim disposta fosse cer-
cado com uma gradaria de ferro, que puzesse o exterior
do edificio a abrigo das devastações, que necessariamente tem logar nas muralhas de um edificio inteiramente exposto a todos os inconvenientes da passagem
de uma povoação descuidada e grosseira.

O bellissimo monumento da Batalha é hoje de mui
difficil accesso para quem quizer visatal-o, porque os
caminhos que descem ao valle se acham no mais de-
ploravel estado de abandono e de ruina, e comtudo um
edificio d'esta ordem merecia indubitavelmente uma ave-
nida commoda, decente e facil. Em um trabalho que
apresentei ao governo no anno de 1836, sendo ministro
do reino Agostinho José Freire, indiquei, por virtude de
rasões estranhas ao assumpto d'este officio, a convenien-
cia de alterar a directriz da estrada de Lisboa a Leiria,
entre os Carvalhos e a Canoeira, dirigindo-a por S. Jorge
e pelo sitio da Rotaca em vez de Calvaria, por onde
ella se dirige actualmente. Aconselhei a construcção de
uma ponte sobre o ribeiro da Botaca, ponto este que
dista apenas um oitavo de legua do monumento da Batalha. Aprovada esta indicação, que eu contava levar a
effeito, quando encarregado das estradas do reino, e que
seria tanto mais facil quanto nas ruinas não nobres da
Batalha existem materiaes sobejos para esta obra, ten-

cionava eu derivar d'esta estrada geral uma particular
que dirigisse ao monumento, que assim ficaria com um
accesso facil e commodo; conduzindo-se com esta ultima
obra os trabalhos accessorios que todos são indispensaveis para tirar o aspecto de abandono, para conservar
a nitidez e bellesa proprias ao mais bello monumento
de architectura do nosso paiz, e a um dos mais acabados e perfeitos n'este genero que possue a Europa.